손잡고, 쌍둥이

손잡고, 쌍둥이
ⓒ 전명지 2014

초판 1쇄 인쇄 | 2014년 11월 11일
초판 1쇄 발행 | 2014년 11월 20일

글, 사진 | 전명지
쌍둥이 | 김라희 김한율

펴낸이, 편집인 | 윤동희

편집 | 김민채 황유정
기획위원 | 홍성범
디자인 | 이진아(print/out) 정해진
종이 | MG크라프트 120g(커버)
　　　아르떼 210g(속표지)
　　　하이플러스 100g(본문)
마케팅 | 방미연 최향모 유재경
온라인 마케팅 | 김희숙 김상만 한수진 이천희
제작 | 강신은 김동욱 임현식
제작처 | 영신사

펴낸곳 | (주) 북노마드
출판등록 | 2011년 12월 28일 제406-2011-000152호

주소 | 413-120 경기도 파주시 회동길 216
문의 | 031.955.1935(마케팅)
　　　031.955.2646(편집)
　　　031.955.8855(팩스)
전자우편 | booknomadbooks@gmail.com
트위터 | @booknomadbooks
페이스북 | /booknomad

ISBN 978-89-97835-68-3　03810

손잡고, 쌍둥이

태어나서부터
40개월까지,
매일이 처음이었던
엄마의 육아 기록

전명지 지음

북노마드

contents

89cm

[24-36month]

94

97cm

[36-40month]

200

엄마의 시간

[the mother's time]

274

손잡고, 쌍둥이

누군가의 육아 일기 한 페이지를 보고 위로를 받은 적이 있었습니다.
나만 그렇게 지내는 것은 아니었구나 싶은 공감에
보이지 않는 힘이 차오를 때가 있었습니다.
알 수 없는 삶 속에 한 번도 겪어보지 못했던 일들을 겪어내며
소박한 소통의 의미를 깨달았습니다.

평범한 일상을 예술처럼 만끽하며 지내고 싶은 엄마,
육아에 온 마음을 싣고 있지만
육아로 인해 지치고 싶지 않은 엄마로 지내기 위한 일상의 기록이
이 책의 시작이 된 것 같습니다.

여행을 끝내고 따뜻한 집으로 돌아가는 길,
길목에서부터 느껴지는 오래된 안락함.
그러한 마음이 담긴 책을 만들고 싶었습니다.

한 장 한 장의 기록으로 보면 모두 소중해서
무엇 하나 버릴 것 없이 애틋함만 더해지는데,
막상 책으로 옮기려니 마음만큼 간단하지가 않음을 느낍니다.
따뜻한 감성을 다 옮겨 담지 못하는 것 같아
한없이 고치고 고쳐도 끝이 없을 것만 같았습니다.

『손잡고, 쌍둥이』는 2010년생 쌍둥이 아들딸이
태어나서부터 40개월(4세)까지,
엄마와 아이들의 감성 기록입니다.

2014년 겨울 첫머리
전명지

48_{cm}

[0-12month]

20100802 hospital

두려움 설렘 어지러움 떨림

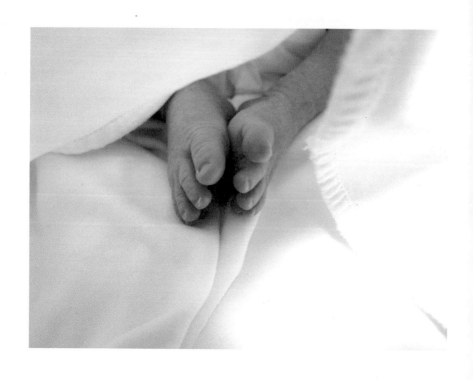

start life 12:41
daughter

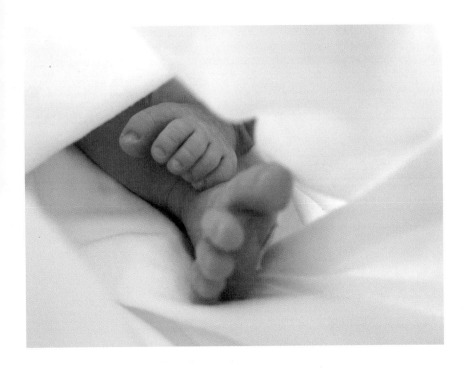

start life 13:05
son

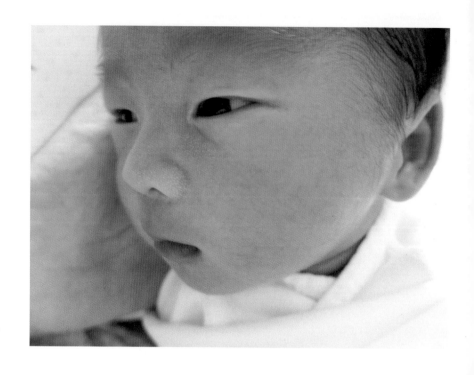

1day
낯섦

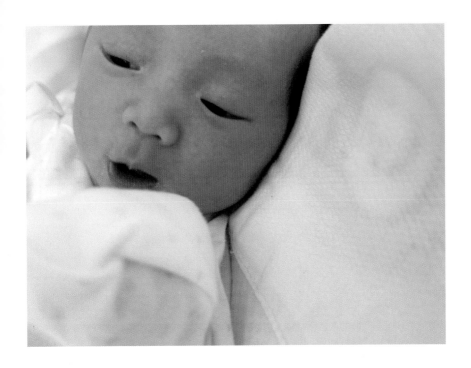

1day

놀라움

come home

아이들을 기다리는 집

1 month

만져본다

open one's eyes
바라본다

warm

따뜻한 공기로

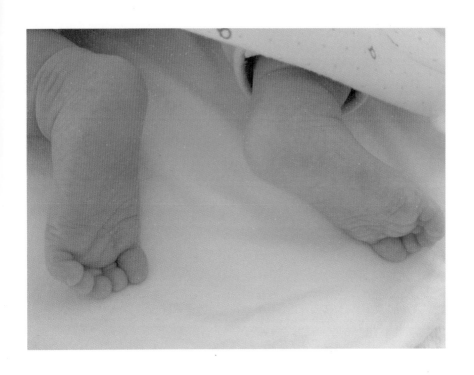

silence

완전한 고요를

50day

소박한 일상의 연속

kitchen
엉금엉금

here

바로 여기야

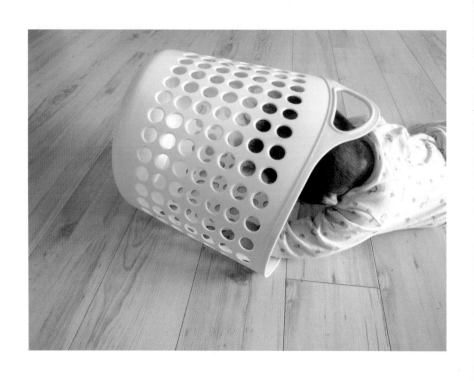

washing basket

엉금엉금

here

바로 여기야

7month

오로지

a big toe

힘 하나

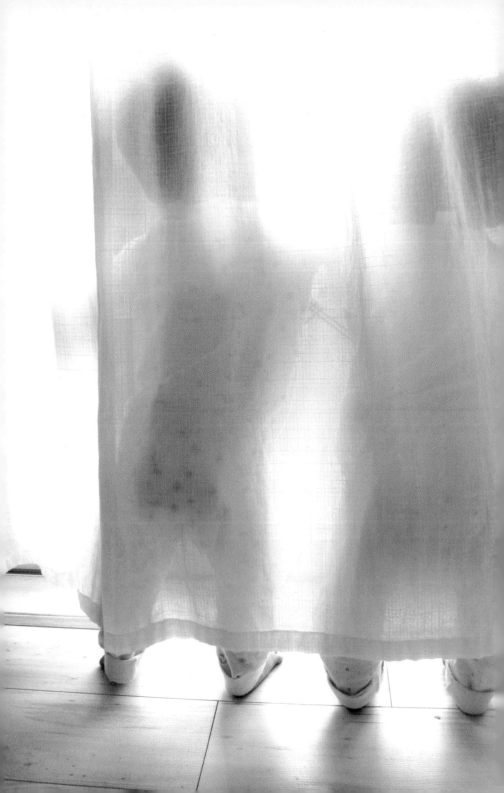

in secret

필요한 건 교감

take a nap
줄무늬 고릴라

span 1

반의 반 뼘

giraffe
점박이 기린

span 2

반 뼘

floor exercise
마루운동

up and down

맨손체조

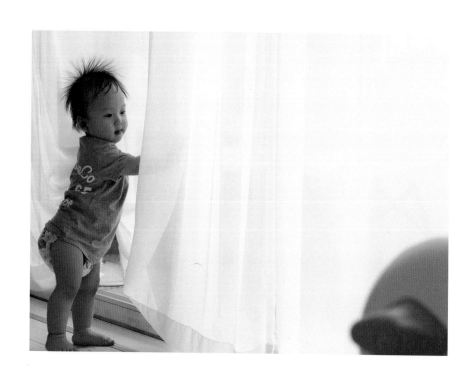

curtain

아직은 다 보이지 않고

who are you

누구인지 알 수 없고

raindrop 1
왼손

raindrop 2
오른손

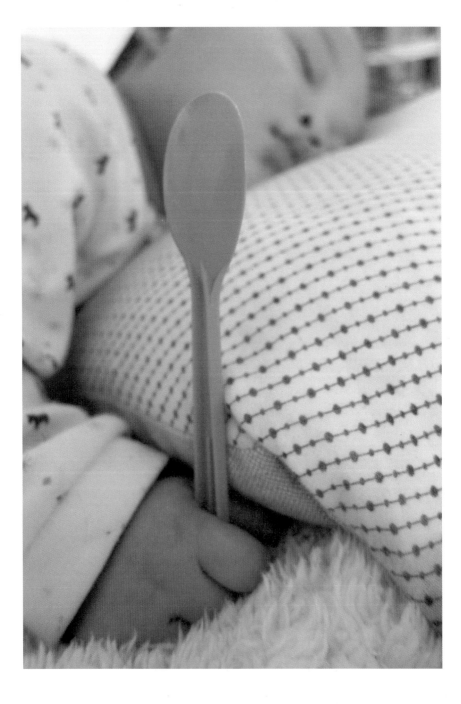

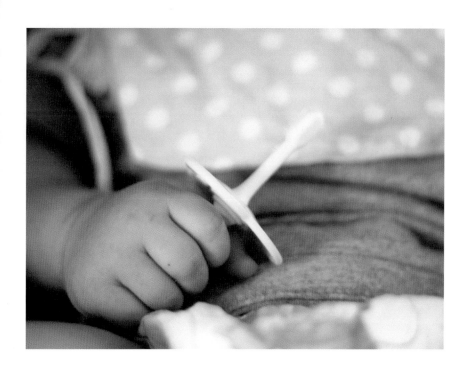

hold spoon, toothbrush, doll

앞으로의 삶 속에서
서로의 손 꽉 잡아주기

hide and seek
여기는 못 찾겠지

hide and seek
여기 숨었을 거야

night

완벽한 어둠이 존재할까.

두 눈을 감고 있어도
언제까지나
빛은 세상을 비추고 있을 것이다.

내가 완전히 길을 잃지는 않은 것처럼.

daybreak
뜨거움과 차가움의 사이

summer dawn

02:47

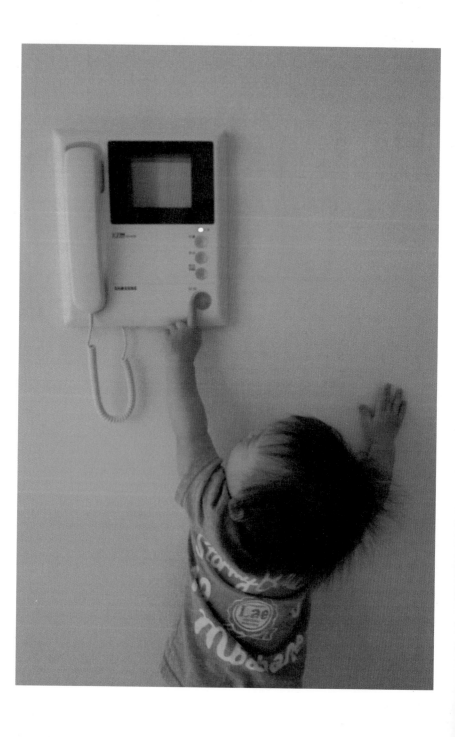

12month

여름이 한 바퀴 도는 동안 초록 식물도 자라고
어느새 아이들의 손끝도 자라 있다.

everyday

매일 '봄' 같이

1month 15day

처음이라 길을 잃었다.

2month 2day

세탁이 끝난 옷을 널고, 다 마른 옷을 개어놓는 일.

다 쓴 컵들을 씻어서 엎어두는 일.

제자리에 있지 않은 것들을 제자리에 갖다두는 일.

아이들이 태어나기 전까지

정말 별일도 아니었던 일.

간단하던 일들이 어려워지고,

대수롭지 않던 일들에도 이유가 생겨나기 시작한다.

조그마한 옷들이 반나절을 못 넘기고 켜켜이 쌓이고

작은 일 하나 결정할 틈 없이 하루는 흘러가버린다.

2month 15day

아니다 싶으니 울고

내키지 않으니 울고

시간을 잊은 채 울고

잠자는 사자의 코털을 건들지 않으려

아빠 엄마는 살금살금 걷는다.

2month 20day

원래 아이가 둘이면 이렇게 정신없는 걸까.

회전문처럼 빙글빙글 마음이 돈다.

3month 15day

긴 머리 칭칭 휘감고 다니는 것이 청순 매력이라

여겼는데, 둘이나 되는 녀석들을 업고 안고 하려니

걸리적거리는 긴 머리도 단 한 번에

고민 없이 싹둑.

3month 16day

시간은 나를 여기에 두고

혼자서만 앞서 가는 것 같다.

3month 17day

소리 내어 잘 웃는다.

울기만 할 땐 몰랐던 영롱한 웃음소리.

감춰져 있는 것들이 얼마나 많은 걸까.

3month 19day

뒤집는다.

처음엔 어려웠으나 방법을 터득하고 나니

순식간에 휙, 휙, 휙.

뒤집고 뒤집다 멀리멀리까지 구르기도 하고

돌아오지 못하고 구석에 갇히기도 하고

둘이 번갈아 선수 교체도 한다.

4month 2day

하루에도 열두 번씩 뒤엉키는 마음.

그럼에도 불구하고 열두 번 이상의 노곤함을 달래주는

놀라운 존재.

3month 21day

수도 없이 많은 금요일이 지나간다.

잘 걸어가보자.

지금 이 시간도 오래전 일이 될 테니.

4month 5day

비가 온다고 잠 못 이루던 밤.

달빛이 밝다고 잠 못 이루던 밤.

작업의 열정으로 잠 못 이루던 밤.

그러한 밤의 시간들은

한여름 밤의 꿈이었던 것만 같다.

4month 1day

어떤 날은 아무렇지 않은 기분에 아이들을

혼자 거뜬히 볼 수 있다가도

어떤 날은 아무리 애쓰고 애써도 혼자서는

도저히 볼 수 없기도 하다.

새벽에 번갈아 깨는 아이들로

엄마의 밤은 24시간 내내 핀란드의 백야.

4month 7day

분홍색 옷을 입혀놓으면 아들은 딸 같다.

머리숱이 없으니 대충 입혀놓으면 딸은 사내 같다.

어떤 날은 발로도 키우겠다며 자신만만하다가도

어떤 날은 두 손 두 발 다 들고

진땀을 쏙 빼기도 한다.

무슨 일이든 못할 게 없다가도

간단한 것 하나조차도 할 수 없는 날이 있다.

아이들은 평온하고 나 혼자 변덕스럽다.

4month 8day

옆으로도 잔다.

균형 감각이 생겨난 것일까.

4month 9day

아직도 발 크기가 내 손의 반 뼘.

4month 10day

갑작스레 열이 오른다.

체온계,

해열제,

미지근한 물수건.

4month 14day

하루종일 옹알옹알.

무슨 뜻인지 알고 싶은 옹알옹알.

4month 16day

마음대로 되지 않는 것이 너무 많다.

좋아하고 있는 시간에 자꾸 이유를 달아서

그런 것 같다.

4month 18day

기어다닌다.

못 가는 곳이 없다.

번개처럼 시야에서 사라진다.

집 안 물건들이 하나둘씩 제자리를 잃어간다.

4month 20day

잠시 틈을 내어 드로잉.

심호흡과 기지개.

온전한 나의 시간.

4month 23day

이상한 나라의 앨리스.

시계를 꺼내 보는 토끼를 따라 이상한 나라로 들어가

몸이 커졌다 작아졌다 하다가 연못에

빠지기도 한다.

마시면 몸이 작아지는 유리병 속 물.

말하는 문고리.

생일이 아닌 날이라 차를 마시는 남자들.

질투하는 꽃들.

심술쟁이 여왕.

카드 병정들.

나는 지금 이상한 나라의 앨리스처럼

모험중이다.

다만 흰토끼가 아닌,

흰 호랑이 두 마리를 따라 들어왔다.

4month 29day

환한 곳에 있다가 갑자기 빛 없는 어둠 속으로
들어서면 너무 캄캄해서 아무것도 보이지
않는 것처럼 아이와의 시간도 처음에는 그렇게
시작되는 것 같다.
그러다가 점점 어둠에서도 형체가 보이고
걸을 수 있는 길이 보이기 시작한다.
그러면서 앞이 캄캄해도 어느 정도 눈 감고도 할 수
있는 일이 생기는 초능력이 나타난다.

4month 30day

향기 좋은 차를 마신다.
머리가 맑아진다.
차를 선물한 사람의 마음에 감동하는 오후.

5month 2day

아직 많은 일들을 못 다한 아쉬움이 클까?
그래도 많은 것을 이루었다는 뿌듯함이 클까?

아이들이 태어나 가장 값진 시간을 보내고 있으니
깊고 경건한 이룸을 얻은 시간이겠지.

5month 15day

잡고 일어선다.
엄지발가락을 딛고 엎드려뻗쳐를 하루에도
수십 번,
엉덩방아도 수백 번,
코 박기도 수백 번,
구르기도 수백 번.

5month 17day

나와라, 가제트 만능 팔!
가능하면 손이 스무 개쯤 있는 걸로!

5month 21day

아이의 울음은
모두 엄마 탓인 것만 같다.

6month 2day

아랫니가 세 개나 솟았다.
분명 어제까지만 해도 없었는데……

6month 25day

잠자는 모습이 너무 예뻐서 볼을 비비다가

그만 잠을 깨우고 말았다.

6month 29day

목표물이 생기고 있다.

가고자 하는 곳,

잡고 싶은 물건.

시야가 고정되면 눈동자가 똥글똥글해진다.

7month 1day

생각해보면

온종일 화장실도 못 간 적, 물도 못 마신 적,

거울도 못 본 적이 더러 있었다.

아이들을 재우고 고요한 밤이 되면

못했던 일들이 생각난다.

7month 1day

옹알옹알 화산이 폭발한 것 같다.

한 녀석이 외치면 한 녀석은 메아리가 되어준다.

7month 15day

새벽 1시.

아파트 창문 너머에 깨어 있는 집들을

헤아려본다.

잠 못 드는 사람들이 많구나.

7month 21day

봄이다.

아이들을 유모차에 태워 산책하기 좋은 계절.

매일 아침, 점심, 저녁마다 유모차가 닳도록

산책, 산책, 산책.

오랫동안 사용하지 않던 근육들이 놀란다.

아마도 이때 모든 팔 근육과 다리 근육이

다져진 것 같다.

8month 20day

함께 아이를 키우는 엄마들의 육아 흐름이

같을 수 없지만 비슷하게 바쁘고 비슷하게

험난하고, 비슷한 놀라움과 비슷한 감동을

누리는 것은 그다지 다르지 않을 거라는

생각이 든다. 어쩌면 육아는 간절히 기다려온

순간들 중에 하나였을 텐데 그 마음만큼

누리지는 못하고 숨가쁜 날들이 더 많은 것

같기만 하다.

하루를 쪼갤 수도 없고 쪼개어 좋은 부분만

나누어 간직할 수도 없다.

하루를 조각조각 잇는 고단한 부분에도

돌아보면 소중함이 깃들어 있을 테니.

10month 2day

서프라이즈!

걷는다.

아무것도 잡지 않고 벌떡 일어나 성큼성큼

하나, 둘, 셋.

이렇게 걷는구나.

8month 23day

나중에, 나중에, 나중에.

'나중에 해야지' 하고 미루게 되지만

정작 나중이 되면

그때 미루었던 일들이 기억이 나지 않는다.

촌스럽게도 벅차오르는 나.

10month 7day

장마의 시작.

걸음은 빨라지고,

9month 5day

어른들은 아이들이 잠들었을 때 곁에서

자두어야 한다고 했다.

비는 걸음보다 느리게 내리는 것 같다.

그렇지만 이렇게 온전하고 고요하게 바라볼 수

있는 시간을 그저 잠으로 보내기엔 아까운

기분이다.

10month 16day

씻어 말려둔 매실을 담그는 아빠.

겨울옷과 봄옷을 정리하는 엄마.

어제부터 반팔 옷을 입고 자는 아이들.

귀 기울이지 않아도 숨소리가 잘 들리는 시간.

고요한 오후의 낮잠.

10month 20day

이제 오후 3시 산책은 너무 덥다.

9month 29day

엄마가 아이들을 키우면서 필요한 시간이 있듯

아이들도 익숙해지기까지 시간이 필요하겠지.

11month 5day

창문을 조금 열어 시원한 밤공기를 채운다.

어느덧 더워서 잠을 설치는 때가 오다니.

11month 12day

아직은 집에서 머리를 다듬는다.

비교적 얌전히 앉아 있는 녀석들.

덕분에 제대로

밤톨같이 된 아들딸.

11month 21day

열었다가 닫았다가

움직이지 않고 한곳에서 땀 흘리며

서랍에 집중 또 집중하는

귀여운 열정.

11month 28day

딸국질을 할 때는 가슴으로 꼭 안아주기.

숨이 차오르면 기침으로 딸국질을 내보낸다고

배웠다.

*

볕이 잘 들어 이불을 잘 말려주는 집.
마당은 없어도 초록빛 숲이 정원처럼 펼쳐져 있는 집.
달빛이 창문 너머 가까이 서성이는 집.

아이들이 더 자라기 전에 숲이 가까운 곳으로 이사를 왔다.
더 옮겨다니지 않아도 좋을 곳이다.

처음에는 높은 층에 대한 막연한 두려움이 있었지만
지금은 마치 담장 없는 다락방 같은 곳.
달빛 밝은 날이면 아이들과 함께 소원을 빌기도 한다.

손에 잡힐 듯 가까이 있는 달님이 신기한 아이들은
장난감이나 인형을 부탁하기도 하고
좋아하는 반찬을 더 많이 달라고도 하고
기침이나 콧물을 없애달라고도 한다.
둘이 나란히 코밑으로 바짝 합장한 손.
실눈처럼 감고 있는 귀여운 눈.
순수한 소원이 내 마음마저 청명하게 물들여준다.

어린 시절 엄마는 커다랗고 두꺼운 이불 홑청을
매번 긴 실에 꿰어 손바느질하셨는데
철없던 나는 넓게 펼쳐진 이불이 마냥 좋아 데구루루 구르곤 했다.
폭신한 이불이 어린 내게는 푸른 바다처럼 반짝였었다.

아스라이 떠오르는 것들 중에 집에서의 기억이 그 어떤 것보다
따뜻하게 남아 있는 것처럼
지금 이렇게 함께 달빛을 보는 시간도 아이들에게 그렇게 기억될 것이다.

비록 이불 홑청을 손바느질하는 엄마가 되지는 못했지만
내 아이들도 어린 시절의 내 마음처럼
잘 말려진 이불에 코를 비비며 비누 냄새가 난다고 좋아한다.

매 순간 뜨거운 마음을 나눌 수 있는 것이 아니기에
충분한 마음이 오고가는 때가 있다면 그 순간에 최선이어야 했다.

함께 모여 밥을 먹고
함께 산책을 하고
아직은 각자의 일보다 함께하는 시간의 의미가 더 커다란 날들.

그렇게
집은
엄마라는 따뜻한 이름을 지니고 더욱 아늑해진다.

*

빼곡한 글씨가 주는 묘한 긴장감을 느낀 지 오래된 것 같다.
글만 가득한 책을 읽기 위해 들여야 하는 시간을 먼저 생각하다보니
글 속에 담겨 있을 어려움이나 고뇌도 멀리하게 되었다.

조금은 헐겁고 여백이 많은 책,
때때로 잠이 쏟아지면 잠시 눈 붙여도 좋을 책들이 곁에 한두 권씩 쌓인다.
어느 날은 같은 페이지를 일주일 동안 읽기도 하고
한 페이지만을 여러 날 펼쳐놓기도 했다.

어렵게 오해를 해석하거나
꾸밈이 넘치는 상상 속을 거닐지 않아도
보이는 것 하나만 보아도 좋은 평화로운 시간들이
나를 위로해주리라 믿고 싶었는지도 모르겠다.

아이들은 내가 느슨해질 수 있도록 늘 도와주었다.
긴 문장 사이에 징검다리처럼 쉼표를 놓아주고
땅 위에 빈틈없이 쏟아지는 볕 아래 작은 그늘이 되어
육아 몰입을 핑계로 좀더 흐트러져 있어도 좋을 구실.

삶의 어떤 이유가 된 아이들이
글로 그림으로 나에게 책이 되어주었던 것 같다.

시시때때로
무시무시한 늑대였다가

피노키오를 삼켜버린 고래였다가
아무도 모르는 숲속의 나무였다가
한 여름날 산타 할아버지가 되기도 하면서
서로가 서로에게 글과 그림이 되어주는 우리의 일상.

오늘은 성을 지키는 용맹한 기사와 성 안에 살고 있는
아리따운 공주님이 함께 낮잠에 빠졌다.
아수라장이 되어버린 성 밖의 전쟁터는 마법사로 변신할 엄마의 몫.

뜨거운 물에 폭폭 삶아 껍질을 벗긴 반질반질한 달걀은
반쪽씩 나누어 노란색 접시에.
프라이팬으로 막 구워낸 바삭한 소시지는
토마토만 가득 담아도 좋은 야채샐러드 옆에.

낮잠 속에서 빠져나와
좋아할 아이들 얼굴이 구름처럼 흘러간다.

더 욕심내지 않겠다고 감사하면서
시원한 선풍기 앞에서 어린아이처럼 "아아" 하고 소리 내고 싶은
고요한 여름 오후.

77_{cm}

77 cm

[12-24month]

laughter
수줍게

on the way
이렇게 멋진 길을 너와 함께 걷고 있다니

brunch

놀이터로 배달
오늘은 여기가 식탁

Santa Claus

산타 할아버지가 된 아들

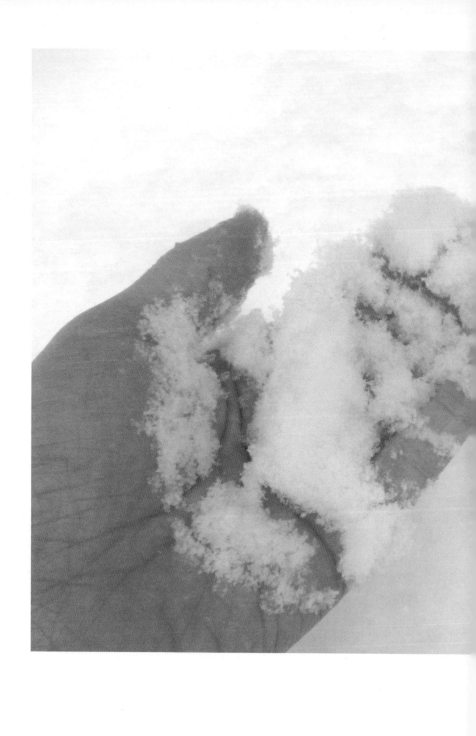

winter

계절을 맞이할 때마다
한 번도 만나본 적 없는 듯
낯섦이 찾아오곤 한다.

snowman

눈사람 하나, 눈사람 둘

alike
똑같이

pear wrapping paper

딱 맞는 배모자

spring

눈부신 마음의 감격이 사라지기도 전에
꽃잎만 피어내고 저만치 가버리는 봄.
봄은 너무나 짧다.

아이들의 네 살처럼.

12month 2day

매일 밤 아홉시.

업어주지 않아도 이불을 끌어안고 나란히 잠이 든다.

엄마 자리를 먼저 일러주고,

서로가 약속한 자리처럼

오른쪽, 왼쪽 사이좋게 한자리씩.

12month 21day

쌀쌀해진 아침 공기에 담요를 덮는

8월의 주말 아침,

고궁 나들이.

12month 27day

온종일

비탈진 언덕길과

가파른 계단길을

겁 없이 쉼 없이 오르락 내리락.

머리끝부터 발끝까지

검은색 크레파스로 칠해진 아이들.

13month 5day

뒷산에서 불어오는 산바람.

13month 7day

좋아하는 노래를 골라 들을 수 있을 만큼

여유로워진 요즘 .

— Hannah Cohen

— 스웨덴 세탁소

— 에피톤 프로젝트

— Jason Mraz

— Jose Carreras

13month 29day

소홀해서 미안했다고 이야기할 만한

시간을 보낼 수는 없다.

월, 화, 수, 목, 금, 토, 일

어느 요일 하나 빠짐없이.

14month 10day

어둠이 익숙해진 시간,

아이들을 재우고 부엌에 앉아 일을 한다.

14month 21day

아이들의 동화 속에서 용기와 지혜를 배우고 있다.

아이들과 함께 배워가는 게 많은 엄마의 삶.

15month 3day

밤 11시.

방전된 에너지 충전을 위한

경건한 야식 타임.

15month 18day

아이들은 원래 다 이래.

그럼, 그렇고 말고.

정말로 우리 아이들만 이러는 건 아니라고.

폭탄 열세 개쯤 투척된 듯한 집을 정리하며

나는 남의 집 아이들까지 모조리 야단치고 있다.

16month 5day

아무도 못 봤으므로

아무도 짐작할 수 없는

두 녀석이 지나간 자리.

오늘은 폭탄 열일곱 개.

16month 17day

마음에서 불태우는 열정에 비해

완성되어 나온 작품이 없을 때

게으름을 핑계로 앞세우곤 했는데

육아는 게으름이라는 말을 끼워넣을 수조차 없다.

16month 21day

엄마의 몸은 하나.

우는 아이는 둘.

16month 28day

당근 송송 썰어넣은 계란찜,

얇디얇은 호박전,

단맛 없이 볶는 멸치,

15초만 데치는 브로콜리.

17month 1day

앤서니 브라운의 『우리 엄마』라는 책을 읽고 나니

엄마 생각이 났다.

나를 엄마가 될 수 있도록 딸로 낳고 키워주신

우리 엄마.

모든 것이 될 수 있었는데

결국 우리 엄마가 되어 나를 키워내신

우리 엄마.

세상의 모든 엄마들은 정말 멋지다.

그중에서도 내 아이들이 우리 엄마라고 말할 수 있는

그런 엄마가 되고 싶다.

17month 20day

계란 풀기,

두부 으깨기,

안 먹는 야채 다지기,

큰 볼에 모두 섞기,

팬케이크처럼 후라이팬에 굽기.

19month 4day

잘 마른 하얀 수건으로 머리를 말려주는 아침.

보리차처럼 마시는 커피.

19month 15day

나도 다 잘하진 않으니까.

타고난 것보다 노력하는 것이 더 많으니까.

아이들은 더 많은 시간이 필요할 거야.

20month 3day

잘록했던 허리는 어디로 사라졌을까?

그런 허리를 가졌던 적은 있었던 것일까?

진정 거울이 뚱뚱해지고 있는 것이라고 믿고 싶다.

20month 10day

뉴스에 나오지 않는 이야기들도 쉽게 알 수 있는

세상이 되었지만,

그럼에도 불구하고 모르는 것 투성이일 때가 있다.

남들은 다 아는데 나만 모를 때도 있다.

아침에 했던 중요한 기억들 중에는

오후에는 생각나지 않는 것들도 많다.

21month 8day

조용하면 어디선가 사고 치고 있는 중.

21month 11day

저렇게 완벽해지려면 얼마나 많은 시간을

들여야 하는 걸까?

결국 그건 해봐야 알 수 있음을 깨닫는다.

그러나

천천히, 자세히 들여다볼수록

그 또한 완벽하지 않음을 알게 된다.

안도감이 든다.

24month 24day

옷을 벗겨놓으니

눈이 배꼽으로 몰린다.

오늘 녀석들의 배꼽들이 새빨개지겠군.

24month 26day

고장난 리모콘.

고장난 전화기.

건전지 없는 장난감.

작동하지 않는 것들은 가지고 놀지 않는다.

24month 31day

이따금씩 불어오는 바람에서

가을 냄새가 나기 시작한다.

*

지갑 속에 구겨져 있던 영수증을 정리하다가
기억이 나지 않는 이름의 장소를 보고는 시간을 거슬러본다.
애쓰지만 결국 기억이 나지 않는 것도 더러 있다.

바쁜 생활 속에서 시간의 흔적들은 언제나 구겨지기 쉽고
언제 사라졌는지도 모르는 순간에 사라져버리기도 한다.

가까이 서 있던 그림자가 금세 멀어져 있는 것처럼
아이들과의 사이에 놓인 흔적들도 어느새 아득한 것들이 많다.

is와 was
방금까지 현재였지만 돌아서면 과거가 된다.

영수증처럼 순간을 기록하고 있더라도
모아놓기만 하다가 결국 구겨져버린다면 소용없는 일.
'지금'을 잘 담아둔다면 '나중'도 잘 담겨 있게 될 것이다.
결국 우리가 보내고 있는 모든 시간은 지금 이 순간의 연속이기 때문이다.

아이들과의 시간은 어쩌면 고요한 기적을
담담히 이뤄내는 과정이었음에도 누구에게나 있는 평범한 하루.
그 이상도 그 이하도 아닌 것에 이따금씩 섭섭한 마음이 들었다.
생색이 필요 없는 일상의 시간이었지만
아무도 알 수 없는 고단함이 아무것도 아닌 채로
하루가 저물어버리는 것이 서운했기에.

기적을 경험하는 날들이
일일이 설명할 수 없는 일상이 되었지만
시간의 흔적이 나에게 남긴 것은
분명 치유의 성장통이었음을 알고 있다.

우리도 아이에서 어른이 되었고
우리의 아이들도 천천히 어른이 되어가고 있다.
한 사람의 시간 안에는 놀라운 성장의 순간과
감히 상상할 수 없는 숭고함이 가득할 텐데
돌아보면 때때로
태어나서 바로 지금의 나로 건너뛴 듯
시간의 흐름을 가늠할 수 없었던 적도 있었다.

그렇기에 지금 아이들과 함께하는 모든 순간들이
내가 가늠할 수 있는 시간으로 주어진 것은 아닐까
겸허히 내 시간을 돌아본다.

깊은 숲속 뿌리 깊은 나무처럼
단단한 시간의 나이테가 아이들을 채워가고 있는 이 시간.
모든 시선들이 새삼 경건해진다.

*

가지런한 마음으로 그릇들을 정리한 날은
며칠 동안 그릇을 꺼내어 쓰고 싶지 않다.
그럼에도 불구하고 냉장고 속 반찬 통을 그대로 내놓지 못하여
가지런했던 그릇들은 반나절도 안 되어서 줄줄이 소시지처럼
식탁 위로 내려진다.

설거지를 하다가 왜 이렇게 접시가 많을까 싶어
다음에는 한 접시에 나눠 담으리라 다짐하면서도
어김없이 밥 때가 되면 작은 그릇 큰 그릇 할 것 없이 켜켜이 쌓이고 만다.
아침 그릇이 마르기도 전에 점심 그릇이 쌓이고
점심 그릇을 찬장에 넣기도 전에 저녁때가 찾아온다.

그래도 예쁜 그릇들 아끼지 않고 꺼내어 반찬을 담고 싶은 마음에
녹슬지 않을 바지런을 피운다.

아이들에게도 저마다의 숟가락과 컵과 접시가 생겼고
좋아하는 취향도 나타나기 시작한다.
만화 캐릭터나 책 속의 주인공이 첫번째 취향이 되고 있지만
그럼에도 좋아하는 것이 서로 명확하게 다르다.
다른 것을 좋아하는 모습을 보며 자연스럽게
서로가 다를 수 있다는 것을 인정하는 마음을 배우는 것 같다.
이따금씩 서로가 좋아하는 것을 기억하고 있다가 먼저 챙겨주기도 하는데
그 마음 씀씀이가 엄마보다 깊다.
마음을 배우는 것이 이렇게 자연스러운 일상에 스미어 있을 때

아이들의 감성도 깊어질 것 같다.
막내로 자란 나도 서로를 아껴주던 언니, 오빠들 덕분에
어린 시절 감성이 채워진 것이라고 믿고 있기 때문이다.

어느덧
아이들 취향의 그릇들까지 더해지니
살림살이가 더 소꿉놀이 같아진다.

이만큼 쌓인 그릇과 접시들이면 우리 네 식구
사계절 세 끼가 충분하다고 되뇌며,
제 소명 다하는 그릇들이 자리를 내어줄 때까지
새 그릇들 자리를 남겨두지 않고
아낀다는 이유로 구석구석까지 쌓아두는 일이 없도록
틈이 날 때마다 살림살이를 정리하고 또 정리한다.

엄마의 살림 속에서 아이들이 보고 배우는 것들이
생겨나고 있다는 것을 알기에
간결하고 소박한 마음을 몇 번씩 다짐하게 된다.

빨래를 하고
화초에 물을 주고
그림을 그리고
물건을 제자리에 두는 것 모두
아이들이 안 보는 듯 보는 듯 관심 있는 듯 없는 듯하지만

모두 기억 속 어딘가에 담는 듯하다.

누군가의 담백한 살림에 감탄하면서도
정갈하고 바지런한 삶을 꿈꾸는 현실은 어렵기만 하다.
베란다에 야채를 가꾸며 살고 싶다가도
매일 꽃을 사러 가고 싶다가도
찹쌀 풀을 만들어 김치를 담그고 싶다가도
내 안에 담긴 노력의 무게로는 감당이 어려워 매번 마음이 접히곤 하였다.

애써서 좋아지는 것이 있기도 하지만
애써도 어렵기만 한 것들이 있다.

내가 더 잘 할 수 있는 일로 나와 가족을 빛낼 수 있도록
마음을 다하는 삶을 가꾸고 싶다.

89_{cm}

[24-36month]

red

빨간 운동화

blue
파란 운동화

friendship

우정이 쌓여 간다

flow of time

시간이 쌓여 간다

precious

하루하루 다 소중해

indescribable joy
말로 할 수 없는 기쁨

continue

멈출 수 없는 기쁨

sneakers

단단해진 발

share in each other's lives

슬픔은 반으로 나누어 가벼워지고
기쁨은 두 배로 나누어 힘이 난다.

ballet school 1
기분이 보이는 듯한 발꿈치

ballet school 2
풀업

first aid

응급처치

first aid man

벌 서는 응급처치 요원

playground 1
주차 평균대

playground 2
창문 피아노

this much 1

엄마만큼

this much 2
아니 아빠만큼

decorating nails

봉숭아물 대신

blow on

열 손가락 빠짐없이

1

2

3 에잇

local hotel
체크인

bellhop-deer
체크아웃

hippopotamus
배고픈 하마

elephant
배부른 코끼리

letter

앞으로 너희들은
좋아하는 것들이 더 많이 생겨나고
관심 있는 것들은 마음속에 새겨두고
무수히 많은 경험들과 마주하게 될 거야.

쉽게 해결되지 않는 숙제들이 생겨나고
다른 사람에게는 쉬워 보이는데
너희는 쉽사리 되지 않는 것들도 있을 수 있어.
마음에 들지 않는 것들도 때론 받아들일 줄 알아야 하고
어려운 시간이 찾아오면 극복하는 방법도 찾아내야 할 거야.

매운 것을 유난히 못 먹거나
뜨거운 것을 남들보다 잘 먹을 수도 있겠지.
여름보다 겨울을 좋아할지도 모르고
밤보다 아침을 기다리는 사람이 될는지도.
힘껏 애썼는데 안 되는 것도 있고
조금의 노력만으로도 잘 되는 일이 분명 생기게 될 거란다.

평범한 것은 평범한 대로
특별한 것은 특별한 대로
돌아서서 되돌아가지 않고
앞을 향해 걷는 너희가 되기를 바란다.

그 시절
너희를 바라보기만 해도 닳을 것 같았다.

이제 손가락 다섯 개를 다 펴는 날이 멀지 않았지만
양손을 다 펴야만 나이를 헤아릴 수 있는 때가 오더라도
보기에 아깝고 부르기에 에틋힌 나의 아이들로 자라 있기를.

더불어
너희들을 향한 바람의 크기보다
좋은 아빠 엄마 자리에서 욕심 없이 빛나는
부모가 먼저 되자고 다짐한단다.

pink umbrella

옆집 언니에게 선물 받은 우산

green umbrella

자연에게 선물 받은 나뭇잎 우산

piece by piece
색깔별로

one by one

크기별로

son's words

나 노래 잘하지?

그것 봐, 내 말이 맞잖아.

엄마가 손님 해.

바람 때문에 날아가겠어.

오늘은 다람쥐로 변신해서 떼굴떼굴 구를 거야!

엄마, 똥하고 응가하고 똑같은 거야?

나도 빨래 개는 거 도와줄게.

빨주노초파남보 무지개.

차를 너무 바짝 댔어.

그래서 어떻게 됐어? 엄마.

엄마도 처음 보는 거야?

시골은 엄청 멀지요.

혹시 이게 아닐까?

daughter's words

나 기분이 안 좋아.

놓치겠어! 이러다가.

물어볼 게 있어, 엄마.

간장을 많이 먹으면 짜.

이거 너무 세게 붙인 거 아냐?

누가 방구 뀌었어?

강아지풀이다!

손들고 건너야지!

오른쪽 말고 왼쪽!

엄마, 반딧불이야.

별똥별은 하늘에서 뚝 떨어지지요.

이 정도면 됐어.

여기는 못 찾겠지.

boots size 1
child 160mm

boots size 2
mom 230mm

library
마치 그림이 글인 것처럼

afternoon
사색하기 좋은 시간

find
바로 코앞

return home

집으로 돌아가는 저녁

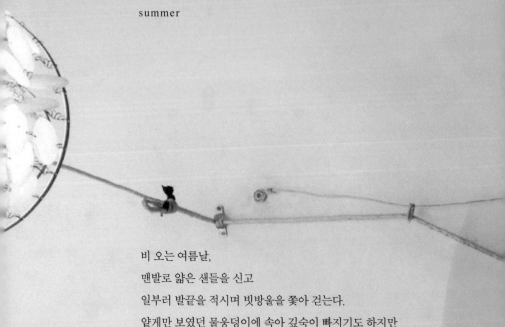

summer

비 오는 여름날,
맨발로 얇은 샌들을 신고
일부러 발끝을 적시며 빗방울을 쫓아 걷는다.
얕게만 보였던 물웅덩이에 속아 깊숙이 빠지기도 하지만
시원한 맨발이니 괜찮다.

소꿉장난 같은 일로만 여겼던 육아가 그러했다.
깊은 웅덩이에 빠진 것 같기도 하고
맨발인 듯 시원하기도 하고
세찬 빗줄기가 두렵기도 하고
빗방울이 간지럽기도 하고.

막상 한여름 빗속으로 들어와보니
그동안 상상해왔던 일들 앞에서
내가 얼마나 불투명한 마음이었는지 알게 된다.

그렇게 여름이 지나가고 있다.

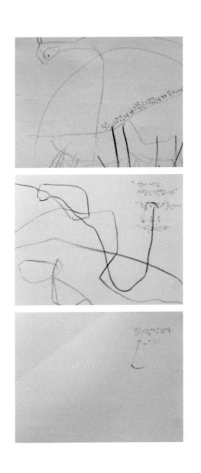

in sight
두 눈만 가리면

hide well

모든 게 완벽해

homeground

가위
풀
색종이
스케치북
색연필

오리기
붙이기
찢기
그리기

어지르기

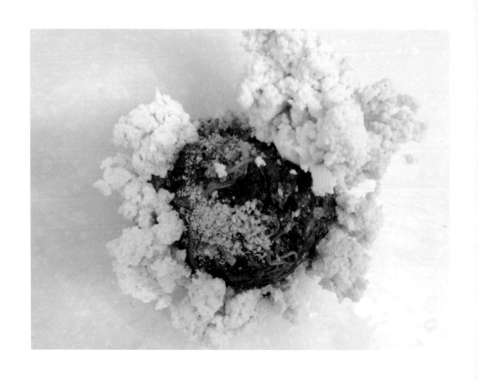

cooking
두부와 시금치

assistant

요리사 특공대

be ready
슈퍼맨 출동

mission

임무 수행중

adventure
아슬아슬

expected point
예상 지점

husband

father

미술관 옆 동물원,
나와 남편은 간지럽게도 그런 사이.

미술관처럼 고요했다가
동물원처럼 북적이기도 하고
감탄의 연속이었다가 알 수 없는 오묘한 면을 발견하기도 한다.

무수한 밤을 끝나지 않는 이야기로 지새우기도 하고
노랫말을 시처럼 읊조리기도 하고
우주, 별, 태양을 코앞에 데려다놓기도 한다.

연인이었다가 친구였다가 옆집 오빠였다가 멘토이기도 한 사람,
나의 꿈을 가장 잘 알고 있는 사람,
그 꿈이 발하는 빛의 시간을 기다려주는 사람.

아빠라는 수식어로
내 삶의 소울 메이트로
더할 나위 없는 사람.

stripes

빨간 줄무늬 아가씨

best friend

서로가 서로에게
가장 좋은 친구가 될 것을 믿어

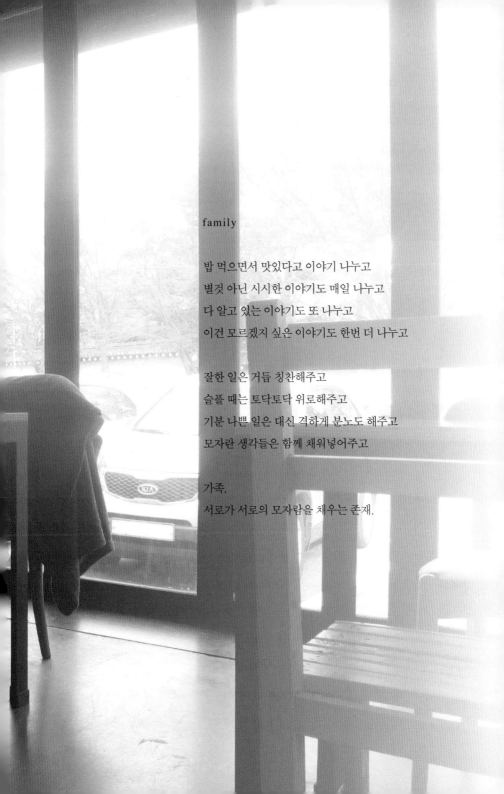

family

밥 먹으면서 맛있다고 이야기 나누고
별것 아닌 시시한 이야기도 매일 나누고
다 알고 있는 이야기도 또 나누고
이건 모르겠지 싶은 이야기도 한번 더 나누고

잘한 일은 거듭 칭찬해주고
슬플 때는 토닥토닥 위로해주고
기분 나쁜 일은 대신 격하게 분노도 해주고
모자란 생각들은 함께 채워넣어주고

가족.
서로가 서로의 모자람을 채우는 존재.

daily life 1
장보기

daily life 2
분리수거

daily life 3
시장 놀이

daily life 4
소꿉놀이

sand sketchbook 1
공룡 그림

sand sketchbook 2
달팽이 그림

play with l

둘이라서

play with 2
얼마나 좋은지

walk behind

둘이라도
넘치는 것 없이

부족해서 채워넣고
모자라서 더 담아낼 수 있게.

25month 19day

아직은 구멍에 단추를 넣고 빼는 일은 어려운 일.

그런데도 혼자 해보려는 손이 야무지다.

25month 30day

바람이 한 번 지나가고

햇볕의 자리가 바뀌는 동안

부드러운 모래사장에 누워 낮잠 한숨 자고 싶다.

기다리게 할 일도 기다려줘야 할 일도 없는 시간이

주어진다면 한 번쯤은 유유자적.

26month 11day

[MART]

수첩에 적어간 간소한 물건보다

수첩에 적혀 있지 않은 것들을 사올 때가 더 많다.

이것도 필요하고 말고,

이런 게 우리 집에 없었다니!

이유가 있어서 산 것보다.

사고 나서 이유를 찾는 것도 많다.

몰랐어도,

모른 채로,

잘 지냈을 확률 120퍼센트.

그렇지만

집에 와서 꺼내어 보면 흐뭇할 확률 200퍼센트.

30month 2day

길거리에 떨어진 나뭇잎을 하나씩 줍는 아들에게

엄마도 하나만 줄 수 있냐고 물었더니

— 물론이지.

30month 5day

지금의 시간을 다 기억할 수 없다는 것,

앞으로 펼쳐질 무수한 시간도 예측할 수 없다는 게

아쉬워.

이렇게 아쉽고 설레는 일상의 반복.

소중하지 않은 순간이 없는 매일이지만

생각처럼 어루만질 수 없는 시간들.

30month 9day

지금은 이렇게 어르고 달래는 아기여서

달래고 또 달래주지만

186

끝없이 떼쓰고 보채면 이따금씩 무서운 얼굴로
으르렁 호랑이 같은 엄마가 되기도 해야 한다.

그래, 어차피 새로 살 타이밍이었어.
제대로 고맙다, 아들.

30month 11day

언젠가 10년, 20년이 지나서
나보다 키가 훌쩍 큰 아들딸이 되면
"우리 딸, 소녀가 다 되었네"
"우리 아들, 소년이 다 되었네"라고 하다가
"우리 엄마 참 소녀 같으시네"라고 아이들이
이야기하는 때가 오겠지.

오지도 않았고 오려면 한참 멀었는데도
그런 생각에 벌써부터 코끝이
시큰해지는 건 아마 나도 나이가 차고 있다는
뜻인가보다.

30month 19day

떼쓰지 않고 크는 아이도 없고,
데우다가 만 물처럼 미지근한 아이도 없다.

30month 21day

만지작만지작하더니
결국 부러뜨린 선글라스.

30month 25day

지금은 모든 걸 다 기억할 수 있을 것 같지만,
애써도 기억해내지 못하는 것들이 분명 있을 것이다.
많은 아이들을 키운 어른도 희미하게나마
"네가 많이 울었지."
"네가 많이 뛰었지."
어렴풋한 추억을 더듬을 뿐.
기억은 기록하지 않으면 모두 사라진다.

31month 17day

하루하루 무슨 일이 있었는지 기록하고
싶어지는 요즘.
매 순간순간 놀라운 말을 쏟아내고 있는 요즘.
어떻게 하면 쌓여가는 시간들을 잊지 않고
잘 기억할 수 있을까?

32month 1day

한 살일 때는 두 살 때를
두 살일 때는 세 살일 때를
하나씩 앞서서 꿈꾸게 되는 것 같다.

두 살 되면 더 잘 하겠지, 세 살 되면 더 크겠지.

이제 네 살이고,

곧 다섯 살이 될 텐데 그러면 왠지 섭섭해질 것 같다.

다섯 살이 되면 더 큰 운동화를 사줘야지.

자전거를 사줘야지, 하면서도

다섯 살이 되면 정말이지 섭섭할 것 같다.

32month 19day

내일은 또 별일 없는 하루겠지만,

너희들은 깊고 숭고하게 한 뼘씩 자라나겠지.

32month 21day

아들은 엄지손가락에 힘주어

손가락 바깥으로 크레파스가 삐져나오지 않도록

스케치북 한가운데를 오랫동안 색칠했고,

딸은 레고 박스를 뒤집어쓰고 "다녀오겠습니다"

하더니 금세 "괴물이다!" 하고 방에서 달려나온다.

32month 24day

태어날 때부터

서로서로

나누어야 하고, 양보해야 하고,

뺏기기도 하고, 빼앗기기도 한다.

온전한 것 하나보다 둘로 나누는 법을

먼저 배우는 게 많아서

안쓰럽기도 하고 미안하기도 하다.

32month 29day

온 마음을 아이를 위해서 애쓰고 있는 사람은

나만이 아니다.

아이들도 나를 향해 끝없이 애쓰고 있음을

마음으로 알게 된 하루.

내가 모르는 사이에 얻고 있는 게 많이 있음을

깨닫는다.

33month 5day

크지 않지만 작지도 않은 일들이 쌓여가는 하루.

그럼에도 소중하지 않은 시간은 단 한순간도 없었다.

아침, 점심, 저녁도

먹고 자고 노는 것도

울고 웃고 떼쓰는 것도

똑같고 똑같고 똑같다.

그런데도 같은 날들의 이야기가 없다.

엄마가 아니었다면 알 수 있었을까.

쉴새없이 돌아보고 있어도

때론 놓치는 게 많을지도 모른다는 생각이 든다.

다 담아낼 수 없기에 아쉬운 하루의 시간은

너무나도 빠르게 지나간다.

33month 7day

지금이 너무 예뻐서

지금이 너무 사랑스러워서

지금이 너무 좋아서

시간이 멈추었으면 좋겠다고 생각할 때가 있다.

더 커서 여드름 나기 전,

더 커서 방문 닫고 들어가기 전,

더 커서 별것 아니라고 대답하기 전,

더 커서 뭐든지 혼자 하려고 하기 전.

33month 10day

마트에서 나란히 장바구니를 들어주며

내가 무얼 사려는지 하나하나 살펴보다가

이윽고 참견한다.

— 그건 집에 있잖아!

33month 18day

자기 손안에 들어오는 장난감 자동차 바퀴만 보다가

거리에 나와 공사장에 서 있는 트럭 바퀴를 보고는

엄청 크다며 놀라고 또 놀란다.

눈이 있는 대로 동그래진다.

그림책 밖의 세상을

장난감 밖의 세상을

더 많이 보여주고 싶다.

커다래진 눈만큼 마음도 커다래지겠지.

33month 20day

아이들이 좋아하는 책.

『울지 말고 말하렴』

『곰 사냥을 떠나자』

『장갑』

『씩씩한 마들린느』

33month 30day

— 괜찮아, 금방 나을 거야.

아빠를 닮아 다정한 아들의 말투.

33month 5day

자세하고도 길어진 설명.

말하기 전 뜸들임도 호흡도 길어졌다.

엄마의 인내심도 길어져야 한다.

34month 3day

노력하면 안 되는 게 없고

그래도 안 된다면 더 노력해야 한다,

라고 쓰는 오늘의 일기.

35month 1day

"바나나가 두 개야"라고 했더니

손가락을 두 개 펴서는

— 이렇게야? 엄마.

35month 4day

잠들기 전 동화책을 읽기도 하고 음악을 들을 때도

있지만 보통은 이불에 나란히 누워서

그날 있었던 일을 이야기하며 잠드는 날이 더 많다.

어느덧 이만큼 커서 하루 동안의 이야기를 나눌 수

있는 밤이 되다니.

35month 6day

점점

점점

점점

점점 잘하는 게 생긴다.

그렇다고 엄마의 손길이 눈에 띄게 줄어드는 건

아니지만

점점 잘하는 게 좋아서 뿌듯해하다가

이따금씩 훌쩍 커버린 모습에 머쓱한 슬픔이

차오르기도 한다.

돌아보건대

지난 시간은 점점 옅어진다.

얼마나 힘껏 울었는지,

얼마나 밤잠을 설치게 했는지,

얼마나 고된 시간을 견뎌냈는지.

이따금씩 끄적인 몇 줄의 글을 보고,

"아, 이랬구나" 하는 것이

전부이며 그것 이외에 힘든 순간들은

조금 더 부풀려 기억하게 되는 것 같다.

"다시는 못할 것 같아"라고

중얼거릴 만큼 어려움을 겪었던 것 같지만

사실 세세하게 기억이 나진 않는다.

그래도 이따금씩

내가 널 어떻게 키웠는지 아느냐고

하소연이 나올지도 모르겠다.

매 순간 최선을 다했으므로……

35month 15day

안 먹는 건 숨기고 다지고 녹이고

엄마를 멋진 요리사로 만들어줘서 고마워.

스케치북에 슥슥 그리기만 해도

— 엄마, 또 그려줘, 또 그려줘.

엄마를 훌륭한 화가로 만들어줘서 고마워.

— 아빠, 미끄럼틀! 아빠, 롤러코스터! 아빠, 그네!

아빠를 최고의 운동선수로 만들어줘서 고마워.

35month 19day

"아까는 미안했어……."

35month 20day

뮤지컬하듯이 노래로 대화를 한다.

음도 없고 박자도 없고 가사는 말할 것도 없다.

표정과 호소력은 일품이다.

부탁을 안 들어줄 수가 없다.

35month 27day

쉬를 하면서

— 빗소리 같지, 엄마.

35month 29day

너희들 컵에는 뚜껑도 있고 빨대도 있고

정말 좋겠다고 했더니

— 엄마 컵엔 손잡이가 있잖아.

36month 2day

가위를 주기 시작하니

냉장고에도 화분에도 아빠 운동화에도

조각조각 색종이가 넘쳐난다.

36month 4day

벌써, 라는 말을 듣기도 하고

아직도, 라는 말을 듣기도 한다.

육아의 시간 속에서 눈과 귀를 닫을 수 없기에

이것저것 사람들의 이야기를 듣게 되는데

간혹 그 말에 흔들리고 솔깃하기도 한다.

그때마다 생각하고 다짐한다.

조금 천천히 가자.

뛰어가다 넘어지지 말고, 욕심부리다 다치지 않도록.

36month 13day

한숨이 들어왔다가 나갔다가

눈꼬리가 올라갔다가 내려갔다가

목소리가 커졌다가 더 커졌다.

36month 16day

누군가의 조언이 없어서

아이와 함께 실수하는 일이 생길까,

걱정한 적도 있었다.

그러나 실수를 하는 경험도 아이와 함께 해보고 나니

당황스럽고 후회스러웠던 마음들을

놀라운 성숙의 시간으로 바라볼 수 있었다.

모자라고 어렵고 답답하고 고독한 시간들,

다시 돌아가게 되더라도 그 시간과 비슷하게

보내겠지만 경험하고 난 후에는 두렵지 않은 것 같다.

36month 18day

— 엄마, 달님이 자꾸자꾸 따라와.

  우리를 좋아해서 그런가봐.

  우리가 멈추니까 달님도 멈추네.

36month 29day

끝없이 노력하고 있다.

봄바람이 분다.
멀리 길 건너 교복 입은 소녀들이 아이스크림을 먹으며 지나가고
그 길 위로 꽃잎이 떨어진다.
따뜻한 풍경을 바라보고 있으니
우리 아들딸이 저만큼 컸을 때의 봄도 이렇게 예쁠 것 같은 기분이 든다.
바람이 불 때마다 바람결에 흩날리는 머리카락을 매만지며
훌쩍 자란 우리 아이들도 꽃잎 떨어지는 길을 친구들과 함께 걸어가겠지.

친구들과는 어떤 이야기를 나누게 될까.
시시콜콜 모든 걸 나누고 있는 지금과 다를 그때도
너희들의 이야기가 매일매일 궁금해질 것만 같다.

하지만 그렇게 크려면 앞으로 열 번은 넘게 봄이 찾아와야 하겠지.
멀고 먼 이야기 같지만 내게도 수없이 많은 봄이 찾아오는 동안
한 번도 봄이 멀리 있다고 생각해본 적은 없었던 것 같다.
서른 번도 훨씬 넘게 봄을 맞이했음에도 아이들로 인해
처음 봄의 시간을 헤아려보게 된다.

아이들의 세번째 봄이 왔다.
그사이 나도 나이를 먹는 것쯤은 두렵지 않은 단단한 마음을 갖게 되었고
보이지 않는 의미들 중에 많은 것들이 성숙해졌다.
한때 숫자가 더해지는 것에 민감한 적이 있었지만

세상일은 내가 두렵다고 생각한 것 중에 절반 이상은

스스로 잘 이겨낼 수 있는 사소한 것들이었다.

다만 사소한 일들 가운데 내가 겪지 않은 일로도 마음이 아프거나
남들에게는 쉽고 흔한 일이 나에게는 더디고 어려워서
서러웠던 적도 있었다.
그럼에도 불구하고
봄은 시작이라는 의미를 가진 계절답게 모든 것을 이길 수 있는
힘을 다시 불어넣어주고 있다.

아이들에게 다정한 친구들도 많이 생겼다.
숲이 가까운 동네 놀이터에서 함께 어울리기 좋은 언니, 누나, 동생들부터
조금 떨어진 거리에 살아 이따금씩 만나는 친구나 후배들의 아이들까지
그 틈 사이 어느새 형도 되고 언니도 된 아이들은 매일매일이 봄날이다.

아이들로 인해 엄마들도 서로 친구가 되면서
좋은 이웃에서 가까운 벗이 되었다.
차고 넘치는 것이 아니어도 나눠먹는 일상이 자연스러운 사이.
가스 불을 끄고 나오지 않은 것 같으니
봐달라고 하는 것도 스스럼없는 사이.
크게 두드러지는 것이 아니어도
미묘하게 서로의 발전을 도모하는 사이가 되어주고
아이를 키우는 일의 무게를 감당하는 마음들도
누구 하나 크게 벗어남 없이 같은 궤도 안에 있어서
서로 소통하며 많은 것을 배우게 된다.

아이들의 일상은 하루 이틀만 지나도 이야기가 넘쳐 나기에
엄마들과 비슷한 경험을 나누는 것만으로도 큰 의미가 있다.
철학이나 문학을 논하는 것보다 중요한 시간이기도 하다.

때론 먼발치에서 한 발짝 떨어져 보는 여유 있는 시선도 필요하고
가까이에서 제대로 살펴보는 것도 필요하지만

나눌 수 있는 사람이 없다면 그 어떤 것도 의미를 채울 수가 없다.

중요한 시간을
서로 짐작하는 것 이상을 나눌 수 있는 지금의 우리 마음들,
변화는 있어도 변함은 없기를.

*

나는 보고 나온 자리 또 보고 나와도
잃어버리는 물건이 생길 만큼 빈틈이 많은 엄마이다.
아기들을 키우는 데에 막연한 환상 같은 것도 지니고 있었으며
인형처럼 예쁘게만 키우는 것이 어렵지 않을 거라고
생각했던 철부지 엄마이다.

엄마 이전에 나는 열정을 빼면 아무것도 남는 게 없을 만큼
빡빡한 일정 속에서 바쁘게 살았다.
끝없이 솟는 영감들을 기록하느라 키만큼 높게 노트들이 쌓여갔고
결과물을 얻기 위해 밤을 새우는 일도 많았으며
바흐와 베토벤의 음악을 번갈아 들으며
폭죽처럼 터지는 감성을 어루만지기도 했다.

완전함이란 더이상 보탤 것이 없는 상태가 아니라
더이상 뺄 것이 없는 상태를 말한다고, 생텍쥐페리가 말했는데
그 시기에 나는 늘 보태는 것에 완벽함을 추구했다.
더 많이 담기 위해 비워내는 것이 중요하다는 사실을
가득 채우고 있을 때는 알 수 없었다.

내려놓으려는 것보다는 끌어안고 있으려는 것이 셀 수 없이 많았고
그것을 지키기 위해 열정을 식히지 않았다.

그러나 지금은 내려놓으며 사는 것이 빈틈이 많은 삶이더라도
그렇게 지내는 게 좋을 것이라는 생각이 든다.

Less is more. (간결한 것이 더 아름답다.)

－루트비히 미스 반데어로에Ludwig Mies van der Rohe

감정의 흐름도 많이 덜어내었다.

완벽한 엄마 대신 따뜻하고 다정한 엄마,

빈틈없는 아내 대신 밤을 지새우며 이야기 나눌 수 있는 아내를 꿈꾸는 삶.

아이들 발이 크는 게 신기해서 아이들이 잠든 밤마다

손바닥으로 재어보곤 했다.

아이들의 발은 늘 너무나 작고 따뜻하지만

어느 날에는 조금 달라진 크기에 몇 번씩 다시 재어보며

'조금 더 컸구나' 하며 혼자 뭉클함을 느끼곤 했다.

밤사이, 하루 사이, 비가 그치고 별의 자리가 바뀌는 사이

그렇게 아이들의 발은 점점 자라고 있다.

말로 설명할 수 없을 만큼 어마어마한 우주 한가운데서

이렇게 고요하게 발이 자라고 있다는 사실이 새삼 경이롭다.

아이들이 자라는 동안 아이들에게만 변화가 온 것이 아니었다.

아빠의 자리에서 남편에게도

엄마의 자리에서 나에게도.

아이들이 커가는 시간이 예전보다 짧아졌다고 느낄 만큼
무럭무럭 자란다.
아이들이 없었던 때를 이야기 할 때면 아직도 믿기지 않는 것들이 참 많다.
아빠와 대화하다가 아이들은 종종
"나는 그때 어디 있었어요? 왜 우린 여기 없어요?"라고 묻는다.
"그때 너희는 엄마 뱃속에 있었어"라고 대답했지만
지금 이렇게 이런 이야기를 나누게 될 것이라곤 상상도 못했다.

앞으로 아이들이 더 자라서 어디 있었느냐고 물어볼 때 즈음에는
"그때 우린 늘 함께 있었어"라고 말해주고 싶다.

97 cm

[36-40month]

autumn 1
가을에 물듦

autumn 2
낙엽에 물듦

green shadow

초록 그림자

there

거기

fall

세찬 비가 몇 번
뜨거운 가을볕도 몇 번
천둥 번개도 몇 번
그렇게
새로운 계절로 물들어가는 숲.

집으로 돌아와
서랍 속에 가을을 넣어둔다.

dinner

"와" 하고 감탄해주는 아들

delicious

감탄의 결과

some days 1
흔들 그네

some days 2
가을 선물

alone

혼자였다가

family
넷이 되었다

season flows

없었더라면 좋았을 일 같은 건
처음부터 만들고 싶지 않지만
그런 일들을 없게 한다는 건 너무나 어려운 일.

예상을 빗나간 날씨처럼
우산이 없이 비를 피할 수는 있지만
비가 오지 않게는 할 수 없듯이.

시작은 어렵지 않았어도
끝을 알 수 없는 일들이 가득한 일상이다.

계절이 바뀌는 동안
처음 겪어낸 많은 일들이
미경험에서 경험으로
현재에서 과거로 흐르고 있다.

by accident

우연히 아이의 옆모습에서
나를 발견한다.

vegetable

야채 꾸러미

selection
야채 장수

at home 1

레고 마을

at home 2
놀이동산

helper 1
꽉 잡아

helper 2
이번엔 빠진다!

paper doll's clothes
종이 인형 옷

dress cut
오려 입은 듯

son

엄마보다 키가 크고
아빠보다 힘이 세지겠지

daughter

엄마보다 머리가 길고
아빠보다 섬세해지겠지

better
언제나

together

지금처럼

no problem

네 잘못이 아니야.

우유를 엎지르거나
가위로 엉뚱한 것을 잘라놓거나
안경을 부러뜨리거나
물건을 어질러놓게 되는 일 모두

네 잘못이 아니란다.

forest 1
바람이 지나는 숲

forest 2
숲을 거니는 아이

open collection
특별히 아끼는 장난감

pinocchio
진짜로 믿는 피노키오

hope
가을볕 한가운데서

persimmon

단단해지렴

one
혼자보다는

two
함께일 때

엄마는 육아별 여행자

아이들은 날마다 새로운 여행지로 나를 데려다준다.
익숙치 않은 곳으로 향하는 마음이 두렵기도 하지만
낯섦은 곧 설렘이 된다.

미리 모든 계획을 하고 떠나기도 하고
아무런 계획 없이 갑작스레 떠나기도 한다.
중요한 건
계획이 완벽했다고 모든 게 순조롭지만은 않았고
아무런 준비가 없다고 엉망이 되지도 않았다는 것이다.

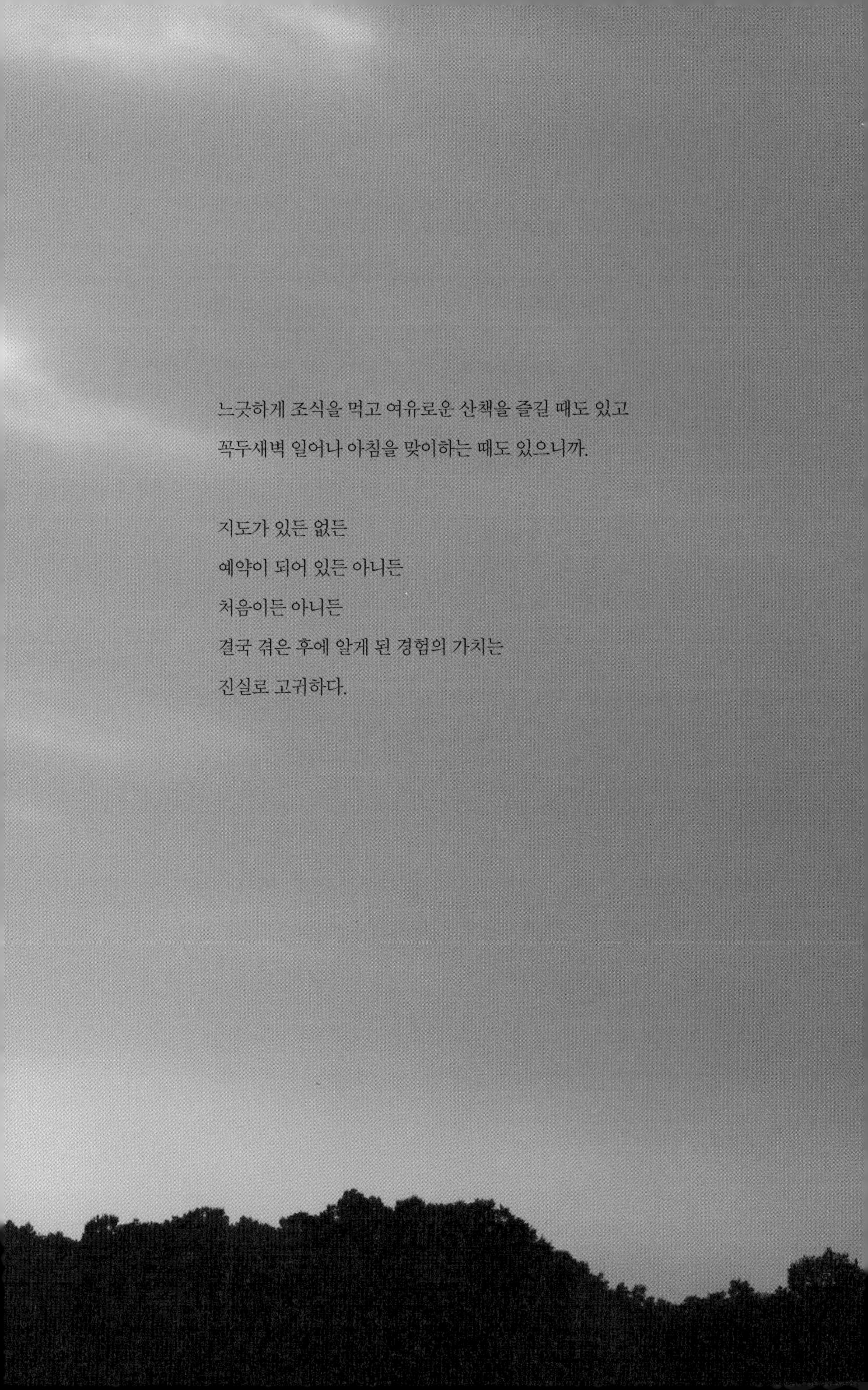

느긋하게 조식을 먹고 여유로운 산책을 즐길 때도 있고
꼭두새벽 일어나 아침을 맞이하는 때도 있으니까.

지도가 있든 없든
예약이 되어 있든 아니든
처음이든 아니든
결국 겪은 후에 알게 된 경험의 가치는
진실로 고귀하다.

37month 1day

— 요긴 차가 지나가는 차도고,

  요긴 사람 지나가는 인도야.

발음이 정확해진 아이들.

37month 3day

엄마가 되어서 나는 따뜻해졌다.

37month 8day

무심코 던진 말도 기억하고 있다가

엄마를 거짓말쟁이로 만들어버린다.

쉽게 하는 빈말을 되돌아본다.

37month 9day

— 내가 문 잡고 있을게, 빨리 꺼내.

— 응, 꽉 잡고 있어.

2인조 냉장고 털이범들의

포도 꺼내기 대작전을 엿듣다!

37month 10day

— 거북이 같아 보이는데?

— 내가 볼 땐 달팽이 같아.

둘의 대화가 솜사탕 같다.

37month 12day

안 먹어도 배부르다는 엄마들의 말이

거짓말이라고 생각했는데

나도 어느새 안 먹어도 배부른 엄마가 되어 있다.

37month 13day

— 집에 가면 깜깜하겠다.

— 괜찮아, 불이 있잖아.

37month 15day

조금 작아진 옷을 입혀 재웠더니

잠결에 이따금씩 말려 올라가는 소매 끝을 내린다.

37month 16day

도토리처럼 생긴 돌멩이를 줍더니

— 도토리랑 비슷한데, 도토리는 아니야!

  도토리는 모자를 쓰고 있거든.

37month 17day

— 아까 보니 거기에 있더라고.

— 그러게 말이야,

— 그것 봐, 내가 뭐랬어.

37month 18day

자기 나이를 손가락으로 펼 줄 알아도

우리 집이 몇 층인지 또박또박 말할 수 있어도

씻기고 치우고

먹이고 치우고

놀고 치우고

재우고 또 치우는 일은

무한 반복.

37month 19day

오른쪽 팔을 빙빙 돌리며

— 엄마, 이거 선풍기 같지!

37month 20day

포도 껍질을 뱉으며

— 점점 쌓이고 있어.

37month 21day

— 포도는 보라색이야.

아들이 말하니

— 가지도 보라색이야.

딸이 말한다.

37month 22day

너희의 손을 쓰다듬을 때,

너희의 등을 어루만질 때,

아직은 엄마의 작은 손으로도 다 감싸지는구나.

37month 23day

티라노사우루스에 반한 아들.

피아노 사우르스라고 말한다.

— 엄마, 이건 초식공룡이고 풀을 뜯어먹어!

또 감격하는 엄마.

37month 24day

네가 안 하려거든 넘기라고 했더니

— 넘기는 거 아니야. 엄마, 이건 책이 아니잖아.

37month 25day

— 은행 밟으면 똥 냄새가 나 조심해.

— 똥이 들어 있어서?

37month 26day

— 엄마 예쁘다.

칭찬도 아끼지 않는 아이들.

37month 27day

— 끝나는 거야? 아니면 시작하는 거야?

이런 생각이 자주 드는 걸 보면 아이들이 크는 건
정말 눈 깜짝할 사이.

내 나이도 좀 봐! 세상에…….

37month 28day

"월화수목금토일."

— 엄마, 월요일 다음은 무슨 요일이야?

"화요일."

— 화요일 다음은 뭐야?

— 수요일 다음은 뭐야?

38month 2day

그건 그렇고,

어쩜 이 추운 날씨에도 놀이터에서 땀 흘리며
놀 수 있는 걸까.

38month 4day

37month 29day

— 그나저나

  그게 아니라

  그건 아닌데.

약국에서 받은 사탕을 주머니에 넣고
만지작만지작거린다.

"왜 지금 안 먹어?"라고 물으니
집에 가서 먹는다고 한다.

놀이터를 지나 마트를 지나 빵집을 지나는데
빗방울이 떨어진다.

37month 30day

바람 소리 녹음하고 싶어지는 가을.

너희들의 웃음소리도 가을바람과 함께

녹음해두고 싶다.

뛰어야겠다고 했더니 주머니에서 손을 빼지 않고
총총 뛰어간다. 집에 오자마자

— 사탕이 비 맞아서 젖었나 안 젖었나 봐야겠다.

38month 6day

저녁에 클래식을 듣는데

38month 1day

아이들이 금방 크는 것만 같다.

시디에서 튀는 음이 들리더니 이윽고 멈춰버리자,

— 엄마, 바이올린이 고장났나봐.

38month 8day

어제는 그렇게도 말 잘 듣는 착한 아이였는데

오늘은 떼쟁이 울보.

그렇게 연이어 좋을 리가 없지.

그럼 그럼,

아직 너무 어린 아이들일 뿐인걸.

38month 9day

귀찮은 일이 왜 이렇게 많은 건지.

우편물의 겉봉투를 뜯는 일도 번거롭게

여겨질 때가 있구나.

38month 13day

나의 작업실.

나의 아틀리에에

가을볕이 든다.

38month 14day

때때로 아주 이른 아침에 두 녀석이 먼저 일어나서

속닥속닥거리며 문을 열고 거실로 나가는

뒷모습을 본다.

38month 16day

삐져나오지 않게 파란색을 칠하면 좋겠는데

흰색이 웬 말이야.

테두리만 보이잖아.

38month 21day

집 안 곳곳 어지럽히지 않은 데가 없군.

흠, 빈틈없는 녀석들.

38month 22day

구석구석 먼지가 쌓일 틈도 없어.

녀석들의 행동은 점점 더 디테일해지고 과감해졌다.

38month 27day

— 노랗게 노랗게 물들었네

빨갛게 빨갛게 물들었네

파랗게 파랗게 높은 하늘.

가을 길은 고운 길.

가을 노래 불러주는 아이들.

잊고 있던 동요로 가을 하늘 한번 더 올려다본다.

38month 30day

— 나뭇잎이 떨어지면 나뭇가지만 남아.

　그리고 눈이 올거야.

이런 나지막한 이야기도 읊조릴 수 있는 아이들.

계절만큼 변하고 있다.

38month 29day

세상의 어려움이 나에게만 겹겹이 쌓이는 것 같던

때가 있더니 이제 평범한 일상만으로도

세상의 시름을 한 겹씩 벗는 시간 속에 살고 있다.

39month 3day

매일 먹는 밥과 국, ·

더하고 빼는 것 없이 그것만이라도 제대로 잘할 수

있다면 백 점짜리 아내가 될 거라고 생각했다.

십 년도 훨씬 더 지난 그때에 나는 그랬다.

열심히 노력하는 아내로 살았고,

일하는 디자이너로 노력하며 지내왔다.

아이가 생기고부터는

매일 먹는 밥과 국이 조금씩 느슨해지기도 하고

매일 입는 옷이 멋과는 거리가 멀어지면서

나의 노력은 아이들에게 맞춰져가고 있었다.

삶의 흐름이

아이들로 인해 조금씩 바뀌어가고 있음을

애써 인정하고 싶지 않았던 것 같다.

육아로 인해 바뀐 삶으로 내가 이루어가던 것들이

한순간에 사라지게 될까 두려웠던 것일지도

모르겠다.

그런데 이만큼 와서 돌아보니

사라질까 두려웠던 것들 안에

생각했던 것보다 더 많은 것들이

차곡차곡 채워져 있다.

39month 6day

"비가 올 것 같네"라는 한마디에

— 날씨가 흐려지고 있어.

— 나뭇잎이 다 떨어지겠어.

— 비가 오면 우산 쓰고 장화 신어야 해.

"사람들이 주머니에 손을 넣고 가네" 한마디에

— 날씨가 안 좋아서 그런가봐.

— 그런데 왜 저 아저씨는 손을 안 넣고 가지?

— 주머니가 없어서 그런가?

"장갑을 끼셔서 주머니에 안 넣어도 되는

거야"라고 하자

— 양손에 짐이 너무 많을 땐 주머니에 넣을 수가

　없는 거야?

— 그래요?

— 아, 그렇구나.

수긍도 할 줄 알고

내 한마디에 열 마디를 보탤 줄도 안다.

39month 9day

코를 후비고서는 큰소리로

검지손가락을 높이 들더니

— 코딱지야, 가자.

39month 12day

"이게 무슨 글씨더라?" 하고 물으면

— 난 아직 글씨를 잘 몰라.

하다가도 또 금세 글씨를 읽는 시늉을 한다.

39month 20day

분명 혼낼 일이 있어서 혼낸 것인데

훌쩍훌쩍 콧물까지 쏙 빼며 울다가

안아달라고 달려오면

빤히 보이는 속마음을 모른 척할 수 없고

이렇게 달래주다가는 혼낼 일이 또 생길 테고

한걸음 뒤에서 보면 혼내는 엄마만 참 야속해 보이지.

흔들리는 약한 마음을 다잡고,

힘내어보는 엄마.

40month 5day

— 멸치는 여기가 꼬리야.

40month 11day

'서로'라서 좋은 것.

— 내가 찾아줄게.

— 내가 도와줄게.

— 우리 이제 바꿔서 해보자.

40month 14day

이제 정말

어른과 같은 말을 쓰는 아이들이 되어가고 있다.

40month 16day

종일 함께 있으면서

오고가는 대화가 끝이 없다.

자세한 얘기는 내일 다시 하자, 라며

헤어지는 여고생들 같다.

40month 18day

어디서 저런 걸 배웠을까?

어디서 저런 말을 알게된 거지?

얼굴이 빨개지는 우스꽝스러운 몸짓이나

외계어처럼 알아들을 수 없는 말로

장난치는 아이들.

까뽀까뽀

한번 따라했다가 말도 안 되는 지적도 받았다.

나중에 다 컸을 때 이야기해주면

재미있어 할까,

쑥스러워 할까.

부디 이런 이야기해줄 날들이 천천히 왔으면 좋겠다.

40month 27day

음식점에서 받아온 박하사탕을 먹어보더니

— 근데 왜 매운 사탕을 주셨지?

40month 28day

모른 척하는 일이 생겨난다.

40month 30day

고민 없이 싹둑 잘랐던

단발머리가 어깨를 넘어

다시 긴 머리가 되었다.

*

먼 곳으로
혹은 아주 가까운 곳으로
우리는 여행이란 이름 아래 자주 짐을 꾸린다.

아이들의 체온계부터 크레파스, 작은 그림책.
짐의 절반은 아이들 물건으로 채워지면서
자연스럽게 아빠, 엄마의 짐은 소박해지고 있다.

때론 잊어버리고 떠났어도 모를 짐들이 무게를 더할 때가 있으므로
꼭 필요한 것들만 담아 가방이 쓸데없이 무거워지지 않아야 한다.

버스도 타고
비행기도 타고
슬렁슬렁 걸어다니며
정해지지 않은 시간에 먹고
시계도 안 보고
텔레비전도 안 보고

바람을 느끼며
수영을 하고
머리를 묶었다 풀었다
신발을 신었다 벗었다
손을 더 많이 잡고
서로의 얼굴을 더 많이 바라보고

헛헛한
시름을 벗고 돌아오는 여행.

두 아이를 데리고 다닌다고 생각하면 두려움이 반이지만
두 명의 친구와 함께 간다고 생각하면 설렘이 반이다.

아이들이 너무 어려서 아무것도 기억하지 못할 거라고
모두들 그렇게 얘기했지만
여행에서 돌아온 아이들은 여러 날을 여행에서
있었던 일들로 수다스러웠고
까마득히 지난 시간이라고 해서 한 번에 다 잊어버리지도 않았다.

여행에서 느끼는 감정들을 나누다보면
때때로 아이들의 시선이나 표현에 예상치 못한 감동을 받기도 한다.
더위 한가운데 서 있던 아빠를 그늘로 끌어준다거나
엄마가 좋아하는 색이라며 길가에 핀 꽃을 알려주기도 한다.
특별한 무언가가 아니어도 서서히 어른만큼 깊이 있는
마음들이 자라고 있음이 보인다.
그것이 여행을 통해 좀더 크게 다가오는 것일 수도 있을 것이다.

무엇보다 여행에서 가장 좋은 순간은 여행지에서 맞는 아침이다.
누가 먼저 일어나 일을 나가지 않아도 되고
잠옷을 입은 그대로 아침 산책을 하기도 하고
날씨가 맑든 궂든 상관없이 떠나온 것에 대한 설레는 마음을

공유하는 것만으로도
아침은 여행을 만끽하기에 가장 좋은 시간이다.

황홀함을 꿈꾸지 않는 여행.
완벽한 시간을 바라지 않는 여행.

호기심 가득한 낭만 탐구생활,
이라고 쓰고
여행, 이라고 읽는다.

아이에게 잘못한 행동에 대해서 이야기를 해주었다.

얼마만큼의 시간이 지나서 아이는 눈물을 닦고
말없이 다가와 내 목을 끌어안으며 다정한 입김을 불어낸다.
그렇게 배부른 행복감을 말없이 받을 때면
혼나야만 했던 시간까지 더하여 더 깊이 오래 안아준다.

스스로 잘못한 것을 알고 있기에 더더욱 잘 이야기해줘야 했다.
눈물을 떨구며 애처로운 눈빛을 보이더라도 아이의 잘못을
보고 그냥 넘길 수는 없다.
무엇이 옳고 그른지 아직은 명확하지 않은 것이 더 많은 나이일 테지만
지금부터 천천히 이야기해줘야 엄마의 마음을
더 잘 헤아릴 것이라는 생각이 들었다.
아직은 아이들도 경험하지 않은 것이 더 많으니까
실수하고 잘못하는 경험들에 대해 잘 이야기해줘야 하는
자리가 어른의 자리인 것 같다.

그런데 이미 어른이 되어버린 지금은 지나온 시간을 까맣게 잊은 듯이
아직 어린아이인 아이들의 마음을 헤아리지 못하는 날이 더 많기도 했다.
돌아보면 나도 처음부터 어른이 아니었기에 여기까지 오는 시간 동안
시행착오가 무수히 많았을 텐데 말이다.

인생은 속도보다 방향이라고 말한 괴테의 글을
다이어리 가장 맨 앞에 적어두고서도

정작 나는 방향보다 속도를 걱정하고 있었던 엄마이기도 했다.
이 나이쯤이면 하지 말아야 할 일들을 하나씩 줄여야만 하고,
아이였기에 불가능한 모든 것들 중 점점 많은 것들이
가능해져야 할 시기라고 여겼다.
그건 그야말로 방향 없는 엄마의 모습이었다.

엄마의 방향을 헤아리는 동안
아이들은 그런 엄마를 천천히 이끌어주었다.

봄부터 여름이 끝나는 사이의 시간까지 아이들도 나도 새카맣게 변했다.
온종일 아이들을 따라다니던 볕은 저녁이 될 무렵에도 뜨거웠고
집으로 돌아가는 시간에도 땀이 식지 않았다.

무릎도 서너 번씩 넘어져서 다쳤고
이름도 알 수 없는 낯선 벌레에게 물려 빨갛게 부풀어 오르기도 했다.

그렇게 계절이 여러 번 바뀌는 동안
집으로 돌아가는 길목에 서 있는 나무에 여러 번 꽃이 피고
열매가 열리고 눈이 쌓였다.

함께 손잡고 집으로 걸어오는 모든 순간들이 정다웠다.

아이들과 함께 지내는 시간 동안에
아무리 걸어도 꽃길이 나오지 않을 것만 같았던 시간에도

고요한 한밤중 창문 너머 올려다보던 달빛이 꽃처럼 빛나주었을 때도
속도를 줄이고 방향을 바라보는 엄마의 마음이 되어가고 있었다.

햇볕을 더 많이 쏘이고
지금처럼 밝고 수다스러운 아이들로 자랄 수 있게
보이지 않는 마음이 더 중요한 것임을 알기를.
아이들에게 무언가를 가르칠 때
나를 먼저 돌아보고
나는 그때 그런 가르침이 즐거웠는지
혹은 어려웠는지 돌아보기를.

안 된다고 하는 염려의 말 중에
어려운 일들은 사실 그리 많지 않았음을
아이들이 네 살이 되기까지 많이 겪었다.

아이가 아니었던 어른이 없고
어른이 안 되는 아이가 없기에
서로 조화롭게 살아가며
더 바랄 것이 없다고 이야기할 수 있도록 지내길 언제나 희구하고 있다.

'반드시'보다
'반듯이'
자랄 수 있는 아이들이 되길.
더불어 그러한 부모의 자리가 될 수 있기를.

엄마의 시간

[the mother's time]

거짓말 같은 시간이 이렇게 나를 통과하고 있다.
화려한 명함은 서랍 속에 넣어두고
담백하게 '엄마'라는 명함으로 지낸 4년.
끼니를 거르는 일들도 대수롭지 않고
두려웠지만 용기 내어 시작했던 일들이 많았던 시간들.
그런 시간들을 지나, 지금 이렇게
믿을 수 없는 시간을 통과하고 있다.

문득 나의 어린 시절에 낯섦을 느낀다.
엄마이기 이전에 모든 시간은 아득하게만 여겨진다.
마치 나에게는 그러한 시절이 없었던 것처럼.

2008년 봄, 프랑스 오베르.
누구의 아빠, 엄마도 아니었던 그때.
누구의 아빠, 엄마를 꿈꾸었던 그때.

'나중에 우리가 부모가 되면'이라고 시작한 이야기 중에는
한적한 프랑스 시골 마을을 함께 거닐고 싶다는 꿈도 있었다.
막연했지만 낭만적인 육아를 상상했고
알 수 없었지만 설레었던 것 같다.

지금 되짚어보면 아이들이 없었던 시간이 언제 있었던가 싶을 만큼
존재의 깊이가 새삼 놀랍다.
여행을 가보지 않고 말로만 들어서는
환상만으로 가득 차 있는 것처럼
'엄마의 시간'을 꿈꾸었던 것도 그러했던 것 같다.

내 손으로 내 눈으로 내 마음으로 함께하지 않고서는 알 수도 없을뿐더러
다 안다고 자부할 수도 없는 일인 것 같다.
아이들과 시간 속에서 매 순간 최선을 다했지만
나의 사랑이 끝없이 다다를 수 없음에 괴로운 적도 많았다.

아직도 아이들은 내게 고요함을 허락하지 않지만
아이들이 외우는 동시처럼 낮이나 밤이나
나는 모든 게 환하다.

다시 태어나도 이 아이들의 엄마이기를 기도하는 밤.

ordinary days
엄마의 취향은

ordinary days
순백색

ordinary days
낮

ordinary days
밤

ordinary days
나는 알 수 없는 나의 뒷모습

ordinary days
시작만 보름째

ordinary days
투명한 질서

ordinary days
춤추는 열매

ordinary days
설거지

ordinary days
빨래

ordinary days
늦은 아침

ordinary days
꿀 바른 사과

ordinary days
비움

ordinary days
채움

ordinary days
고즈넉한 불빛

ordinary days

속삭이는 식탁

twin's closet
아들은 모자와 스카프

twin's closet

딸은 머리핀과 목걸이

twin's closet
무채색 계열의 옷을 고르면

twin's closet

같은 옷 다른 느낌

twin's closet
남자아이랑 여자아이랑

twin's closet

바꿔 입어도 무난하게

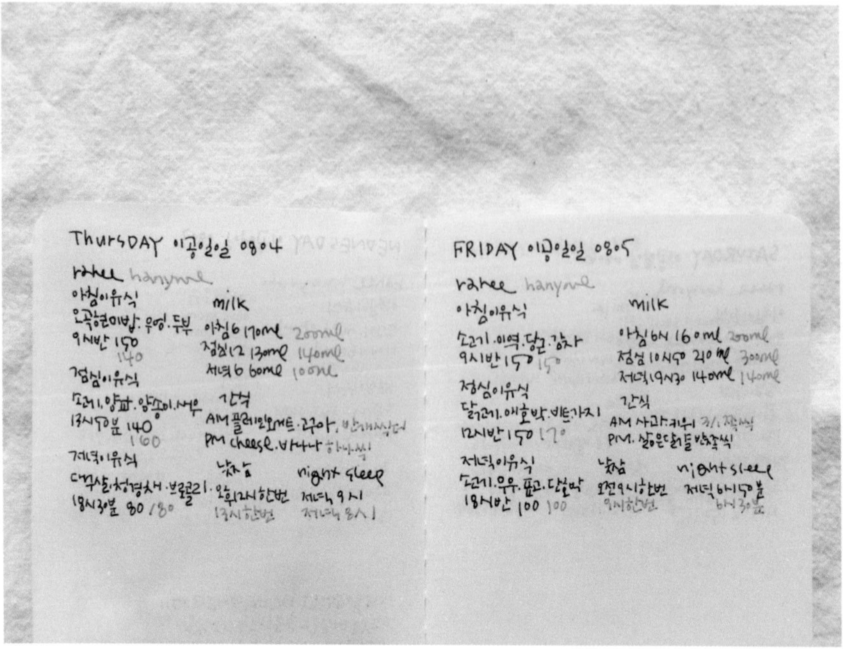

mother's kitchen

소화가 어려운 현미는

mother's kitchen
커피 그라인더에 갈아서

mother's kitchen
아이들 음식은 기름에 볶는 것보다

mother's kitchen
삶고 찌는 조리법으로

mother's kitchen
아이들이 잘 먹지 않는 음식은

mother's kitchen
알록달록한 그릇에 재미있는 모양으로

mother's kitchen
농부의 손으로 키운 먹거리를

mother's kitchen

아이들 손으로 만져본다

twin's toy

장난감은 다른 색으로

twin's toy

두 개씩 필요하다

twin's toy

작은 친구들과 함께라면

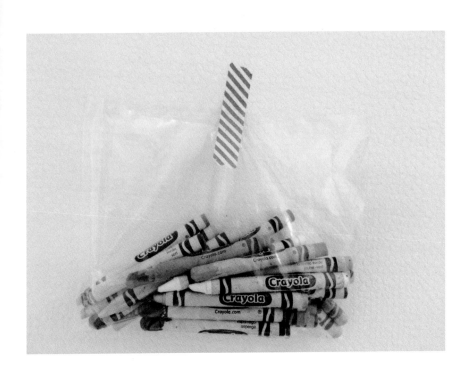

twin's toy
비가 오지 않아도 매일 무지개를 만날 수 있다

twin's toy
한때 아이들에게 더없이 소중했던 물건들은

twin's toy

깨끗하게 목욕 후 벼룩시장으로

play themes
on a day

나뭇잎으로 얼굴가리기
풍선불어 손목발목에 묶고걸기
웃는그림종이봉투 뒤집어쓰기
아빠바지 못엄마옷 입어보기
함께 네모을 바라보기
손잡고 징검다리 건너가기
그림새에, 그림반지 만들어주
숨죽여 걸어보기, 풍선놀이
애봇방울 터트리기,
꼭꼭 숨어라 머리카락 보인다

mother's heart
아이들만의 섬이 되지 않도록

314

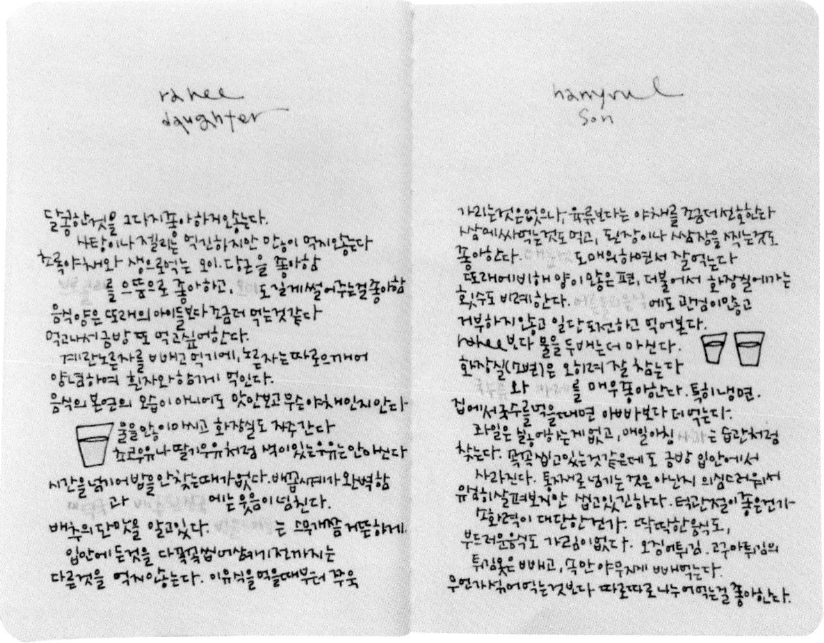

rahee
daughter

hanyul
son

mother's heart
마음, 소리, 모습 매일매일 기록하기

mother's heart
다급한 마음에서 한 발짝 물러서서

mother's heart

아이들을 기다려주는 침묵의 시간

mother's heart

미술관, 꽃집, 저점, 공원이 가까이에 있으면 좋겠다.

MERCI.

THANKS.

GRAZIE.

GRACIAS.

DEKUJI.

TAK.

KIITOS.

MAHALO.

KOSZONOM.

고마워.

너희들의 아빠, 엄마가 되었음에.

북노마드